COLLECTED WORKS OF
MUZIO CLEMENTI

DA CAPO PRESS MUSIC REPRINT SERIES

GENERAL EDITOR: FREDERIC FREEDMAN
Vassar College

COLLECTED WORKS OF
MUZIO CLEMENTI

1

VOLUMES I–II

DA CAPO PRESS • NEW YORK • 1973

This Da Capo Press edition of the *Collected Works of Muzio Clementi* is an unabridged republication in five volumes and two fascicles of parts for violin/flute and violoncello of the thirteen-volume *Oeuvres de Clementi* published in Leipzig c. 1803-1819. It is reprinted by special arrangement with Breitkopf & Härtel.

Library of Congress Catalog Card Number 70-75299
ISBN 0-306-77260-4

Published by Da Capo Press, Inc.
A Subsidiary of Plenum Publishing Corporation
227 West 17th Street, New York, New York 10011

CONTENTS

Oeuvres de Clementi.

Cahier I.

contenant

XII Sonates pour le Pianoforte.

Oeuvres Complettas

de

MUZIO CLEMENTI

Cahier I.

Au Magasin de Musique de Breitkopf & Härtel
à Leipsic.

XII Sonates pour le Pianoforte

par

Muzio Clementi.

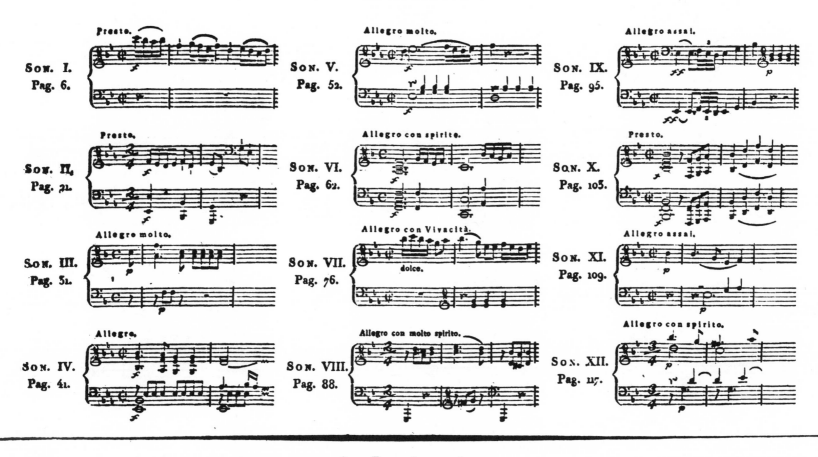

A Leipsic
au Magasin de Musique de Breitkopf et Härtel.

I.

Presto.

SONATA I.

CLEMENTI I.

Larghetto con espressione.

Allegretto.

Var. 1.

Var. 2.

Var. 3.

Var. 4.

legato.

Var. 5.

Var. 6.

Clementi I.

Presto.

SONATA II.

volti subito.

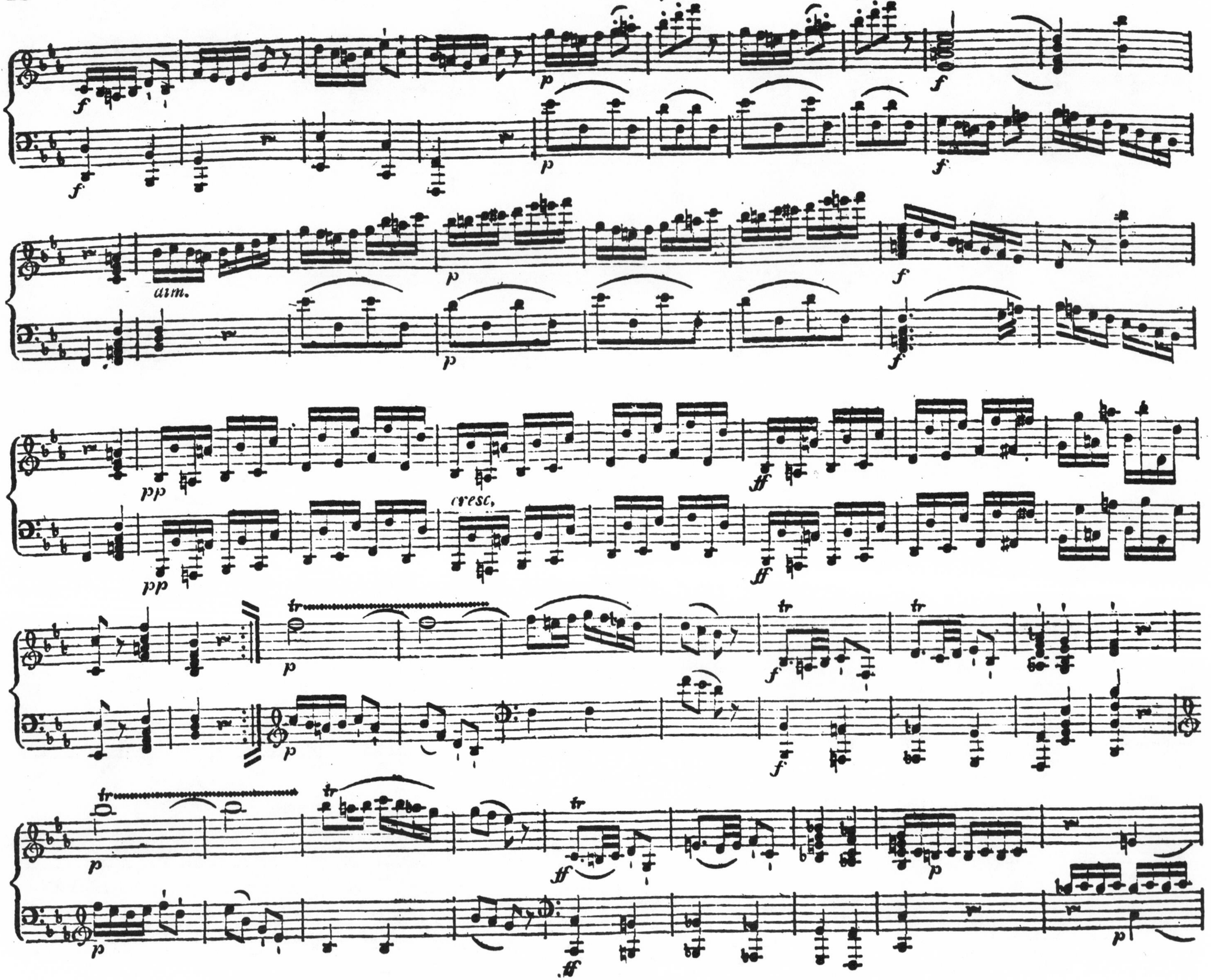
dim.
cresc.

volti subito.

Largo.

cresc.   dim.   *volti subito.*

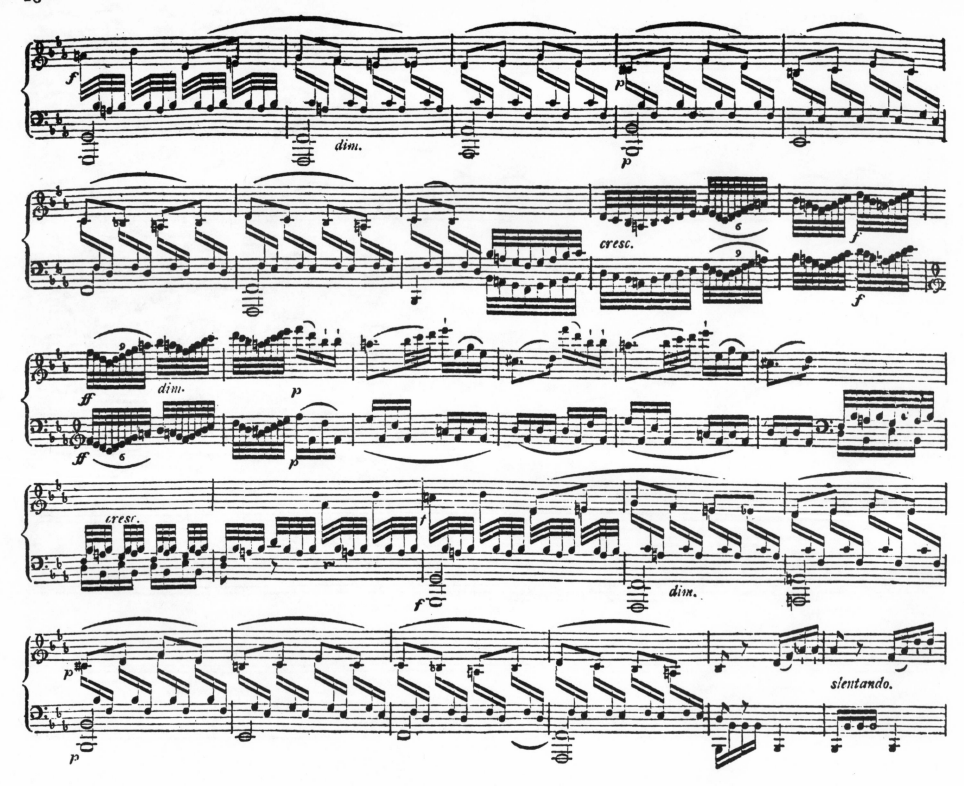

CLEMENTI. I.

SONATA III.

Largo.

Allegro.

Rondo.

dim.

dim.

dim.

volti subito.

SONATA IV.

Allegro.

volti subito.

CLEMENTI I.

volti subito.

SONATA V.

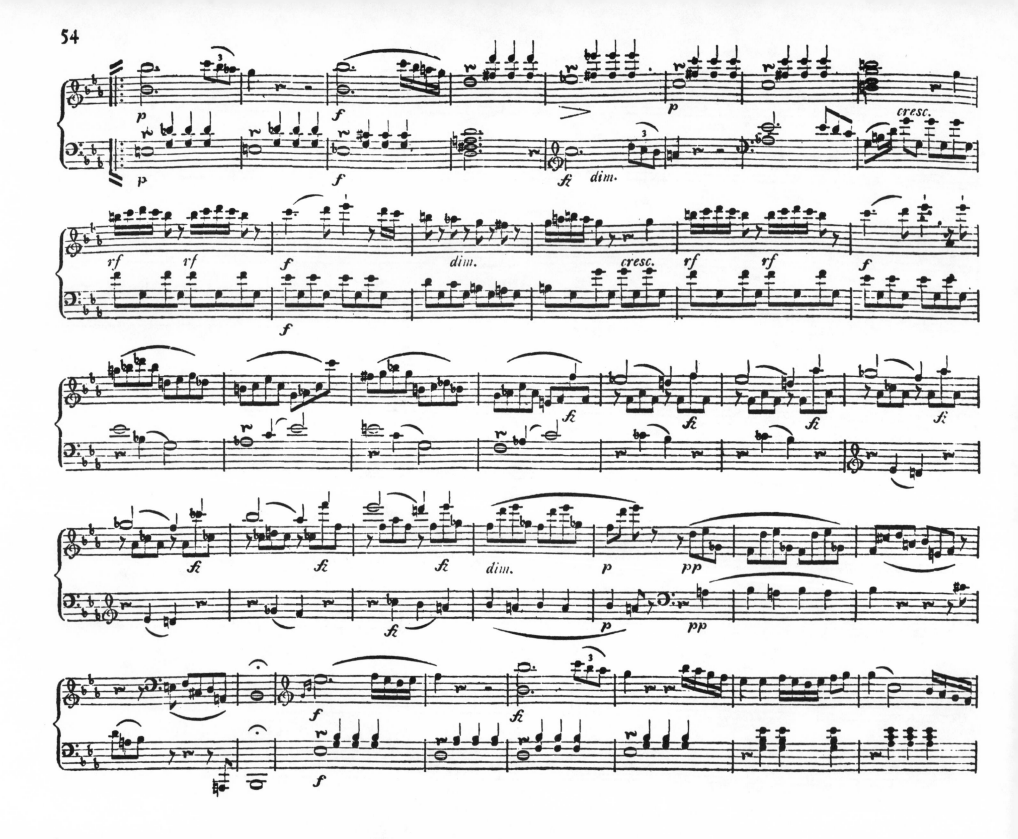

volti subito.

SONATA VI.

Allegro con spirito.

Allegretto con spirito.

Rondo.

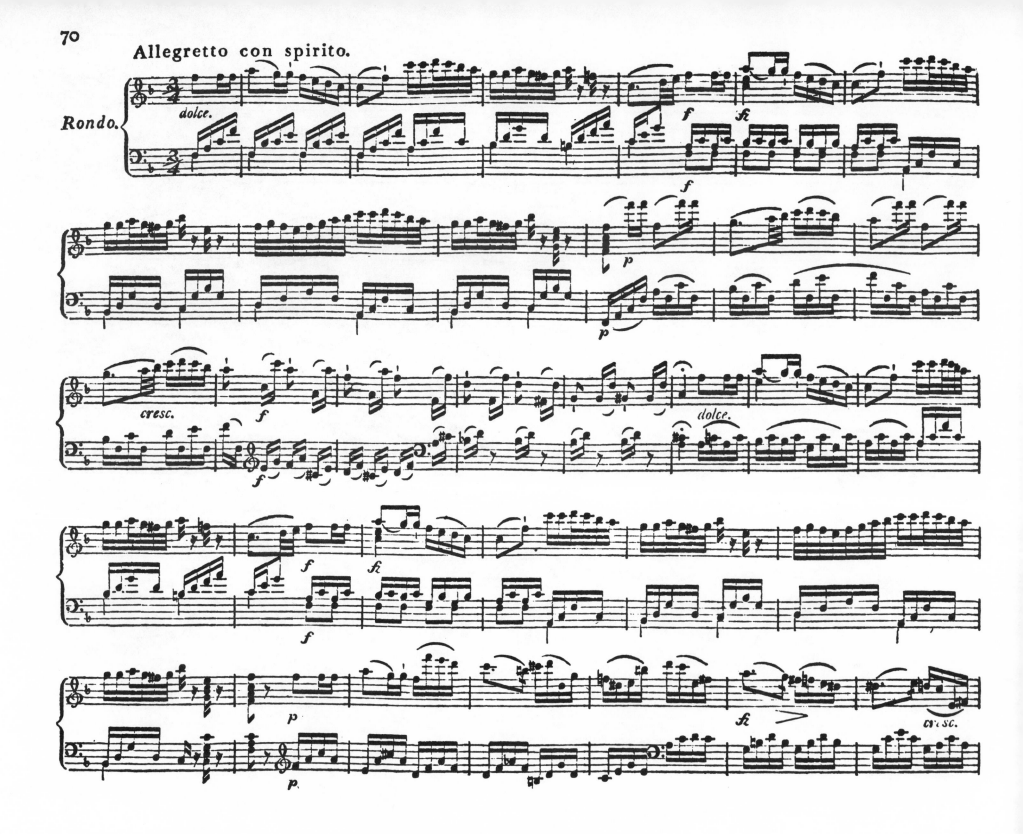

volti subito.

SONATA VII.

Allegro con Vivacità.

CLEMENTI I.

78

ARIETTA
con
VARIAZIONI.

Allegretto. Vivace.

Var. 4.

Var. 5.

Var. 6.

cresc.

rallentando.

volti subito.

Allegro con molto spirito.

SONATA VIII.

CLEMENTI I.

Andante cantabile.

Presto.

CLEMENTI I.

volti subito.

94

SONATA IX.

volti subito.

CLEMENTI I.

Larghetto con espressione.

Presto.

SONATA X.

volti subito.

CLEMENTI I.

Menuetto. Allegretto.

SONATA XI.

Allegro assai.

volti subito.

Maestoso.

volti subito.

SONATA XII.

Allegro con spirito.

Cantabile é Lento.

Presto.

volti subito.

Fine.

Oeuvres de Clementi.

Cahier II.

contenant

IX Sonates pour le Pianoforte.

Oeuvres Complettes

de

MUZIO CLEMENTI

Cahier II.

Au Magasin de Musique de Breitkopf & Härtel
à Leipsic.

IX Sonates pour le Pianoforte

par

Muzio Clementi.

A Leipsic
au. Magasin de Musique de Breitkopf et Härtel.

II.

Maestoso e Cantabile.

SONATA I.

V. S.

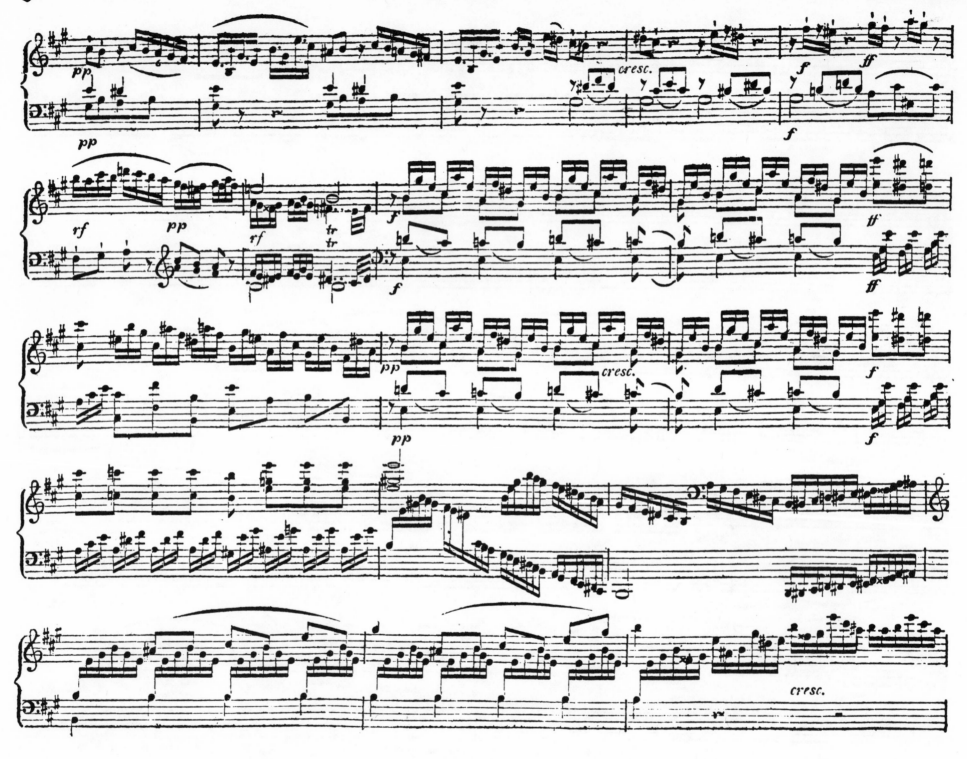

volti subito.

Allègro molto.

cresc.

volti subito.

SONATA II.

Allegro con Espressione.

Lento e patetico.

volti subito.

volti subito.

Presto.

SONATA III.

Un poco Andante.

volti subito.

CLEMENTI II.

9

volti subito.

Maggiore.

Allegro di molto.

SONATA IV.

Presto.

volti subito.

Adagio.

volti subito.

Allegro con brio.

SONATA V.

volti subito.

SONATA VI.

volti subito.

volti subito.

Allegro.

SONATA VII.

V. S.

Presto.

volti subito.

CLEMENTI II.

SONATA VIII.

Allegro con Fuoco.

volti subito.

Presto. Legato assai.

volti subito.

CLEMENTI II.

Adagio e cantabile con espressione

volti subito.

volti subito.

volti subito.

volti subito.

065972